LA Princesa DE NEGRO y la FIESTA PERFECTA

Shannon Hale & Dean Hale

Ilustrado por
LeUyen Pham

♪ Beascoa

Título original: *The Princess in Black
and the Perfect Princess Party*

Primera edición: marzo de 2017
Primera reimpresión: noviembre de 2017

Publicado originariamente de acuerdo con el autor,
c/o BAROR INTERNATIONAL, INC., Armonk, New York, U.S.A.
© 2014, Shannon y Dean Hale, por el texto
© 2014, LeUyen Pham, por las ilustraciones
© 2017, Sara Cano Fernández, por la traducción

© 2017, de la presente edición en castellano:
Penguin Random House Grupo Editorial, S.A.U.
Travessera de Gràcia, 47–49. 08021 Barcelona
Realización editorial: Gerard Sardà

ISBN: 978-84-488-4741-8
Depósito legal: B-380-2017

Impreso en IMPULS45
Granollers (Barcelona)

BE47418

*Para Uyen, Sarah y Barry: con vosotras,
las fiestas de princesas son siempre perfectas*
S. H. y D. H.

Para mis nobles sobrinas, Alize, Alora y Mathilde
L. P.

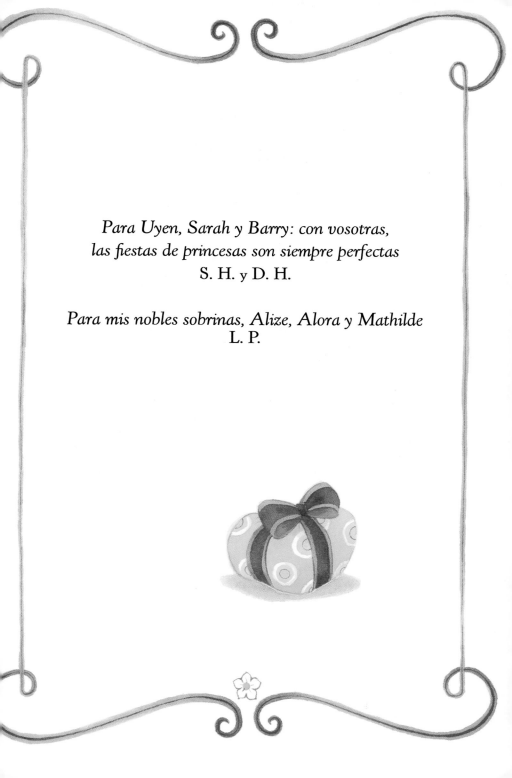

Capítulo 1

El castillo estaba coronado por globos rosas. Sobre las copas de los árboles había globos rosas. Había incluso un globo rosa atado al cuerno de un unicornio.

Aquel día era el cumpleaños de la princesa Magnolia. Y ella quería que la fiesta fuera perfecta.

La princesa Magnolia limpió el salón de la torre. Se puso su vestido con volantes favorito. Sacó brillo a sus zapatitos de cristal. Decoró *cupcakes*.

Miró por la ventana. Las invitadas lle-
garían en cualquier momento.

Y, entonces, el brillante de purpurina
de su anillo sonó.

—¡Monstruo-alarma! —dijo la princesa Magnolia—. ¡Ahora no!

Era la hora de la fiesta de cumpleaños
de la princesa Magnolia. No era un buen
momento para el ataque de un monstruo.

Capítulo 2

A los monstruos les daba igual que fuera el cumpleaños de la princesa Magnolia. Lo único que querían era comer cabras. Enfrentarse a los monstruos no era tarea para la delicada y perfecta princesa Magnolia. Pero era una tarea perfecta para la Princesa de Negro.

La princesa Magnolia se metió en el armario de las escobas.

Se quitó su vestido con volantes favorito. Se quitó sus zapatitos de cristal. Debajo, iba completamente vestida de negro. Se ajustó el antifaz.

Ya no era la princesa Magnolia.
Era la Princesa de Negro.

—¡La princesa ha vuelto! —dijo la Princesa de Negro.

Y se deslizó por su pasadizo secreto.

Saltó la muralla del castillo.

Doce primorosas princesas se dirigían al puente levadizo. ¡Las invitadas a su fiesta!

Esperaba que ninguna levantara la cabeza. Nadie sabía que la delicada y perfecta princesa Magnolia era también la Princesa de Negro.

Capítulo 3

Nadie sabía cuál era la identidad secreta de la Princesa de Negro salvo su leal montura. Que, además, era una montura con su propio secreto.

Todo el mundo pensaba que Cornelio era un unicornio. Al fin y al cabo, tenía un cuerno en la frente. Hoy llevaba un globo rosa atado al cuerno. Para la fiesta.

Cuando Cornelio brincaba, el globo se agitaba. Cuando Cornelio iba al galope, el globo se bamboleaba. Cornelio tenía ganas de fiesta.

Las ganas de fiesta duraron hasta que los brillantes de p u r p u r i n a que tenía en sus herraduras empeza-ron a sonar. ¡La monstruo-alarma! Cornelio se metió por su pasadizo secreto.

Cuando salió por el otro lado, ya no era Cornelio el unicornio. ¡Era Tizón, el leal poni de la Princesa de Negro!

Tizón se colocó en su sitio de siempre, junto a la muralla del castillo, y esperó a que la Princesa de Negro aterrizara sobre su lomo.

¡Tizón estaba listo para luchar contra los monstruos!

Aunque la verdad es que echaba un poco de menos el globo.

Capítulo 4

La Princesa de Negro aterrizó sobre el lomo de Tizón.

—¡Vuela, Tizón, vuela! —dijo.

Tizón no podía volar. Era un poni, no un pegaso. Pero sabía que, cuando la Princesa de Negro le decía «vuela», lo que en realidad quería decir era «corre lo más deprisa que puedas».

Tizón corrió lo más deprisa que pudo
a través del bosque.

Bruno el cabrero vigilaba a las cabras mientras pastaban. No se dio cuenta de que, por un agujero cercano, salía un tentáculo. A ese le siguieron varios más. Un monstruo salió del agujero.

—¡Socorro! —dijo Bruno.

La Princesa de Negro apareció cabalgando por el prado de las cabras.

—¡PONER PARRAS! —gorgoteó el monstruo.

—¿Eh? —dijo Bruno.

—¿Eh? —dijo la Princesa de Negro.

El monstruo se llevó un tentáculo a la boca. Tenía una tos horrible.

—¡COMER CABRAS! —chilló.

—Ah —respondió Bruno.

MONSTRUO-
LANDIA

—Ah —respondió la Princesa de Negro.

Todos los monstruos eran iguales. Lo único que querían era comer cabras. No les importaba nada el cumpleaños de una princesa.

La Princesa de Negro apretó un botón y su cetro se convirtió en un bastón.

—¡Pórtate bien, monstruo! —gritó—.
¡Vuelve a Monstruolandia!

—¡NO! ¡COMER CABRAS! —dijo
el monstruo.

Así que el monstruo de los tentáculos y la Princesa de Negro se enzarzaron en una pelea.

¡ZANCADILLA DE DIADEMA!

¡ENREDO DE TENTÁCULOS!

El monstruo volvió al agujero. Al final, siempre volvían todos.

—¡Hurra! —dijo Bruno.

La Princesa de Negro se despidió de él. Su poni y ella corrieron de vuelta al castillo.

Poco después, la princesa Magnolia salió del cuarto de las escobas. Tenía el pelo un poco alborotado.

Bajó las escaleras corriendo. Abrió la puerta del castillo.

—¡Feliz cumpleaños! —gritaron
las doce primorosas princesas.

Capítulo 5

La princesa Magnolia se lo estaba pasando en grande. Los sándwiches estaban deliciosos. Los manteles eran preciosos. Las princesas eran encantadoras. Era una fiesta perfecta.

—¡Abre los regalos! —dijo la princesa Lavanda.

—¡Sí, ábrelos! —dijeron las otras once princesas.

La princesa Magnolia aplaudió. Casi no se aguantaba las ganas.

—¡Ay, gracias! —dijo—. Los regalos consiguen que las fiestas sean completamente perfectas.

Pero, entonces, el brillante de purpurina de su anillo empezó a sonar.

Era la hora de abrir regalos. No era un buen momento para el ataque de un monstruo.

—¿Qué es ese ruido que suena? —preguntó la princesa Lavanda.

—Es una alarma —contestó la princesa Magnolia.

No podía decirles que era la monstruo-alarma porque, entonces, sospecharían que ella era la Princesa de Negro. Nadie sabía que era la Princesa de Negro. (Salvo Tizón, claro).

—La alarma significa que... ¡es la hora de jugar a un juego!

—¡Sí! —dijo la princesa Jacinta—. ¿Y a qué jugamos?

—Mmm, ¿qué os parece el escondite? —dijo la princesa Magnolia—. ¡No me la ligo!

Se la ligó la princesa Tulipán. Empezó a contar.

Las princesas corrieron a esconderse.

La princesa Madreselva se escondió
debajo de una mesa.

La princesa Azafrán se escondió detrás de la puerta del baño.

La princesa Magnolia se escondió en el cuarto de las escobas.

Capítulo 6

A la princesa Margarita le ponía nerviosa jugar al escondite. No le daba miedo esconderse. Lo que le daba miedo era que no la encontraran.

La princesa Margarita se camuflaba con las cortinas.

La princesa Margarita se camuflaba con las mesitas de noche.

La princesa Margarita se camuflaba con la alfombra.

La princesa Tulipán pasó a su lado, pero no se dio cuenta de que la princesa Margarita estaba allí.

La princesa Margarita suspiró. Se sentía sola. La alfombra no era muy buena compañía.

Había visto que la princesa Magnolia se había escondido en el cuarto de las escobas. Decidió seguirla. Así, al menos, no tendría que esconderse sola.

La princesa Margarita abrió el armario. Allí estaba el vestido con vuelo de la princesa Magnolia. Allí estaban sus zapatitos de cristal. Pero la princesa Magnolia no estaba.

—Qué raro —dijo la princesa Margarita—. ¿Adónde habrá ido?

Capítulo 7

La Princesa de Negro volvió al prado de las cabras. Por lo general, luchar contra los monstruos era una manera divertida de pasar la tarde. Sin embargo, aquel día lo que ella quería hacer era abrir regalos.

—¡Pórtate bien, monstruo! —dijo.

—¡NO! ¡COMER CABRAS! —dijo el monstruo de las escamas.

La Princesa de Negro suspiró. Los monstruos la sacaban de sus casillas. ¿Cuándo aprenderían? ¡No iba a permitir que se comieran las cabras!

La Princesa de Negro y el monstruo de
las escamas se enzarzaron en una pelea.

¡TRIS, TRIS, TRAS...

...CATAPLÁS!

El monstruo volvió a Monstruolandia. Al final, siempre volvían todos.

La Princesa de Negro regresó al castillo a la carrera.

Subió trepando por el pasadizo.

Se puso su vestido con volantes. Se calzó los zapatitos de cristal.

—¿De dónde vienes? —dijo una voz.

La princesa Magnolia se quedó de piedra.

Capítulo 8

La princesa Magnolia no estaba sola en el cuarto de las escobas.

—¿Quién anda ahí? —preguntó la princesa Magnolia.

—Soy yo. La princesa Margarita.

La princesa Magnolia entrecerró los ojos. Lo único que era capaz de ver eran unas cuantas escobas.

Las escobas se movieron.

—¡Hala, princesa Margarita! —le dijo—. ¡Te camuflas con las escobas! ¡Se te da genial esconderte!

—A ti también —dijo la princesa Margarita—. Llevo en este cuarto una hora. He visto tu vestido. Pero no te he visto a ti dentro de él.

La puerta del cuarto se abrió.

—¡Os encontré! —dijo la princesa Tulipán—. ¡Se os da muy bien esconderos! ¡He mirado en este armario tres veces!

—Qué raro —dijo la princesa Margarita.

Capítulo 9

—¿Abrimos los regalos ahora? —preguntó la princesa Loto.

—Sí, deberíamos —dijo la princesa Cactus—. Los regalos consiguen que una fiesta sea completamente perfecta.

—Oh, vaya —dijo la princesa Magnolia. Acababa de sonar una alarma.

—¿Qué es ese ruido? —dijo la princesa Orquídea.

—Es la alarma otra vez —dijo la princesa Magnolia, y suspiró—. Mmm... es la hora de las carreras.

Las princesas salieron fuera. Las princesas subieron a sus veloces monturas. ¡Preparadas, listas, ya!

La princesa Magnolia y su unicornio Cornelio ganaron la primera carrera.

La princesa Margarita y su cerdo,
sir Lechonzote, llegaron los últimos.

Hubo una segunda carrera. Ganaron la princesa Jacinta y su pegaso Cozgalante.

La princesa Margarita y sir Lechonzote llegaron los últimos.

Hubo una tercera carrera. Ganaron la princesa Dalia y su reno Copito Veloz.

Hubo una cuarta carrera. Ganaron la princesa Azahar y su antílope Edu.

La princesa Margarita siempre llegaba la última. A sir Lechonzote no le gustaban las carreras. A sir Lechonzote no le gustaba la velocidad. A sir Lechonzote le gustaba cenar, comer postre y dormir toda la noche a pierna suelta.

Desde la última posición, la princesa Margarita veía a todas las demás princesas. Veía todas sus monturas. Pero ya no veía a la princesa Magnolia y a Cornelio.

Hubo una quinta carrera. Esta vez, la princesa Magnolia llegó la última. Cruzó la meta cabalgando por detrás de la princesa Margarita. Tenía el pelo alborotado y llevaba los zapatitos de cristal cambiados de pie.

—Qué raro —dijo la princesa Margarita.

Capítulo 10

—¿Ya es la hora de abrir los regalos? —preguntó la princesa Azahar.

—Eso espero —dijo la princesa Magnolia—. Porque los regalos hacen que las fiestas sean...

El sonido de la alarma la interrumpió.

—¿Otra alarma? —preguntó la princesa Margarita.

—Sí... —la princesa Magnolia frunció el ceño—. Es la hora del... ¡laberinto! Podemos abrir los regalos después. Lo prometo.

Las princesas entraron en el laberinto del jardín.

La princesa Margarita se perdió.
Pensó que sería la última en
salir.

Al final, consiguió encontrar la salida. Había once princesas esperándola. Pero todavía quedaba una dentro del laberinto.

Al fin, la princesa Magnolia salió
también. Tenía el pelo aún más alborotado que antes. Llevaba el vestido del
revés.

—Eso sí que es raro —comentó la
princesa Margarita.

Capítulo 11

—¿Ya es la hora de los regalos? —preguntó la princesa Cactus.

—Mmm... —contestó la princesa Magnolia.

Contuvo el aliento. Escuchó. Miró su anillo. Ningún sonido.

—¡Sí! —respondió al final—. ¡Ya es la hora de los regalos!

Las princesas volvieron a la torre. Se sentaron en los sofás. La princesa Campanilla le dio el primer regalo a la princesa Magnolia.

Era pesado y redondo. ¿Sería un casco de carreras? ¿Una pecera? ¿Una bola de cristal? ¡La princesa Magnolia se moría de ganas de abrirlo!

Entonces, ocurrió algo. Algo que consiguió que a la princesa Magnolia le entraran ganas de llorar.

El brillante de purpurina de su anillo sonó.

Aquel era, de verdad, de verdad, el momento de abrir los regalos. Aquel era, de verdad, de verdad, el peor momento para el ataque de un monstruo.

—¿Esa alarma significa que es la hora de los regalos? —preguntó la princesa Madreselva.

La princesa Magnolia lloriqueó.

—Por favor, quedaos aquí —dijo—. Vuelvo enseguida. Lo prometo.

Capítulo 12

La princesa Magnolia salió del salón de la torre. Se escondió otra vez en el cuarto de las escobas. Volvió a cambiarse de ropa.

Bajó por el pasadizo. Saltó la muralla del castillo. Tizón la estaba esperando. Aterrizó sobre su lomo. Cruzaron el bosque cabalgando. Galoparon hasta el prado de las cabras. Otra vez.

Había otro monstruo aterrorizando a las cabras. Esta vez se trataba de un monstruo rosa.

—¡GRRRRRR! —dijo—. COMER CAB...

—¡No! —respondió la Princesa de Negro—. Nada de comer cabras. ¡Hoy no quiero luchar contra más monstruos! ¡Ya vale! Es mi CUMPLEAÑOS. Y es la hora de ABRIR LOS REGALOS. ¿Me escuchas? He dicho que ES LA HORA DE ABRIR LOS REGALOS.

Capítulo 13

El monstruo rosa puso una mueca de dolor. Le zumbaban los oídos. La Princesa de Negro gritaba muy fuerte.

El monstruo rosa se preguntaba si habría hecho bien al decidir salir de Monstruolandia.

Es verdad que en Monstruolandia no había cabras. Pero tampoco había princesas gritonas.

Ahora la situación era muy incómoda. Parecía que era el cumpleaños de la Princesa de Negro. Y que esperaba regalos. Pero el monstruo rosa no había traído ninguno.

Rebuscó en sus bolsillos. ¡Ah, caray! ¡Piedras! Piedras rosas que había encontrado en la cueva. Había doce. Tendría que conformarse con eso.

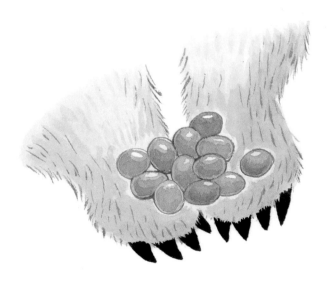

El monstruo rosa le tendió las piedras. El monstruo rosa se aclaró la garganta.

—¡FELIZ CUMPLEAÑOS!

—rugió amablemente.

Capítulo 14

Las doce princesas esperaban en el salón de la torre. La princesa Magnolia todavía no había vuelto. Ya había pasado un buen rato.

—¿Estará jugando otra vez al escondite? —comentó la princesa Dalia.

Buscaron por el castillo. Ni rastro de la princesa Magnolia.

—Tal vez esté en el cuarto de las escobas —dijo la princesa Margarita—. La última vez se escondió allí.

Fueron al cuarto de las escobas. La princesa Margarita agarró el manillar de la puerta.

Y, en ese preciso momento, la princesa Magnolia salió del cuarto. Tenía el pelo completamente alborotado. Llevaba el vestido del revés y se había puesto la parte delantera atrás. Le faltaba uno de sus zapatitos de cristal.

—Princesa Magnolia, no dejas de desaparecer —dijo la princesa Margarita—. Siempre que hay que abrir los regalos.

—¿Ah, sí? —preguntó la princesa Magnolia.

—Sí —contestó la princesa Margarita—. ¿Es que no quieres regalos? ¿Por qué te vas cada vez que vamos a abrirlos?

La princesa Magnolia miró al suelo. Tenía las manos llenas de piedras.

—¡Para ir a buscar regalos para vosotras! —dijo—. Al fin y al cabo, los regalos hacen que las fiestas sean completamente perfectas.

La princesa Magnolia repartió las piedras. Había una para cada princesa. Eran brillantes y rosas y muy bonitas.

—¡Son perfectas! —dijo la princesa Margarita—. ¡Completamente perfectas!

Todo lo era. La compañía. Los juegos. Los regalos. Fue la fiesta más perfecta que la Princesa de Negro había tenido en su vida.

¡VUELA TIZÓN, VUELA!

¿Qué le espera a la Princesa de Negro?

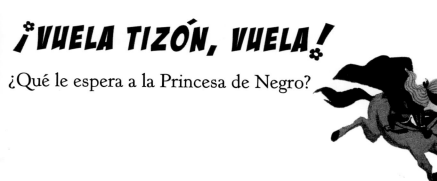

¡LE ESPERAN INCREÍBLES AVENTURAS!

¡NO TE LAS PIERDAS!

LA PRINCESA DE NEGRO